CACHORRINHO PERDIDO

STELA ONISHI

ILUSTRAÇÕES DE S

CONTÉM ARTI
DECLARAÇÃO DOS
DOS ANIMAIS – ONU

CB046276

ide

CACHORRINHO PERDIDO
É MUITA TRISTEZA,
CACHORRINHO PERDIDO,
AQUI NA REDONDEZA.

"Todos os animais nascem iguais perante a vida e têm os mesmos direitos à existência."

CACHORRINHO PERDIDO
TINHA ATÉ COLEIRINHA,
UM SINAL DE QUE ELE TINHA
UM AMIGO OU AMIGUINHA.

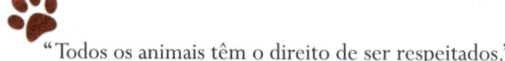
"Todos os animais têm o direito de ser respeitados."

"Nenhum animal será submetido a maus tratos nem a atos cruéis."

CACHORRINHO PERDIDO
FOI SE ACHAR NO HORIZONTE,
MAIS PERDIDO SE SENTINDO
AO AVISTAR UMA PONTE.

PASSA A NOITE, PASSA O DIA,
CACHORRINHO VÊ O LUAR.
TANTA ANGÚSTIA E AGONIA,
RESOLVEU ENTÃO REZAR.

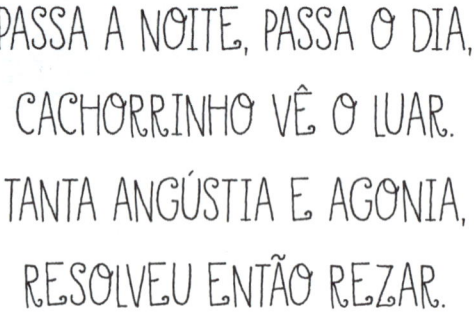

"O homem não pode exterminar os animais ou explorá-los; tem o dever de pôr os seus conhecimentos a serviço deles."

PAPAI DO CÉU, ELE DIZIA,
ME AJUDE A ENCONTRAR
MINHA CASA E ALEGRIA,
E COMEÇOU A CHORAR.

"Todo animal pertencente a uma espécie que viva tradicionalmente no meio ambiente do homem tem o direito de viver e de crescer ao ritmo e nas condições de vida e de liberdade que são próprias da sua espécie."

COCHILOU, PEGOU NO SONO,
UM SONO REPARADOR.
SE SENTINDO SEM SEU DONO,
IMPOSSÍVEL NÃO TER DOR!

"Todo animal que o homem escolheu para seu companheiro tem direito a uma duração de vida conforme a sua longevidade natural."

ACORDOU, OUVIU DE LONGE
ALGO MUITO BARULHENTO,
RESOLVEU VERIFICAR
O QUE ESTAVA ACONTECENDO.

"Todos os animais têm o direito à atenção, aos cuidados e à proteção do homem."

RECONHECEU O BARULHO ENTÃO,
ERA BEM FAMILIAR,
BATEU FORTE O CORAÇÃO,
COMEÇOU A SALTITAR.

"O abandono de um animal é um ato cruel e degradante."

ALEGRIA E COISA BOA,
O MEDO FOI EMBORA.
TAVA RINDO À TOA, À TOA
DO QUE VIRIA AGORA.

"Nenhum animal deve ser explorado para divertimento do homem."

REALMENTE ERA SEU DONO,
UM TAL DE SR. JOSÉ.
FOI AÍ QUE DESCOBRIMOS
QUE PERDIDO ERA...

CHULÉ.

"Os direitos do animal devem ser defendidos pela lei como os direitos do homem."

OLÁ! EU SOU CHULÉ! E VOCÊ, QUEM É?

PINTE AS LETRAS QUE FORMAM O SEU NOME:

A	B	C	D	E	F	G
H	I	J	K	L	M	N
O	P	Q	R	S	T	U
		W	X	Y	Z	

ESCREVA AQUI: ....

VAMOS AJUDAR CHULÉ A VOLTAR PARA CASA? ESCOLHA O CAMINHO CERTO!

QUE TAL DAR UM POUCO DE COR AO NOSSO AMIGO CHULÉ?

LIGUE OS PONTOS E PINTE O DESENHO!